TROP

DE BONHEUR!

marivaudage en un acte

Par J. DARTEZ.

MONTPELLIER,

IMPRIMERIE DE J.-A. DUMAS,

RUE DU PALAIS.

TROP
DE BONHEUR!

marivaudage en un acte

Par J. DARTEZ.

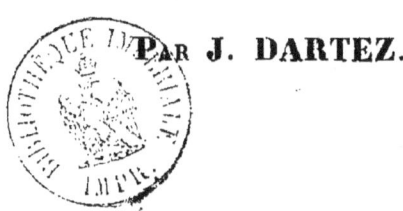

MONTPELLIER,

IMPRIMERIE DE J.-A. DUMAS,

RUE DU PALAIS.

1862

PERSONNAGES :

Le baron d'EGMONT.

La baronne d'EGMONT.

Le marquis d'HÉRICOURT.

La marquise d'HÉRICOURT.

M. de VILLENEUVE.

Madame de VILLENEUVE.

FRONTIN , valet du marquis d'Héricourt.

LISETTE , femme de chambre de la marquise d'Héricourt.

TROP DE BONHEUR !

<hr>

Le théâtre représente un boudoir ouvrant sur une galerie. Deux portes latérales. Quatre fauteuils.

SCÈNE I.

FRONTIN , LISETTE.

FRONTIN, *tenant des lettres à la main.*

Retiens ceci , Lisette , mon silence m'est bel et bien payé; le marquis n'a ni la main trop prompte ni le pied trop leste. Et tu veux que, pour plaire à la marquise , qui est jalouse comme une petite bourgeoise , je devienne un affreux scélérat , que je lui vende les secrets de mon maître !... *Vade retro, Satanas !... (A part.)* Si je profitais de la circonstance pour enjôler cette enjôleuse? Bah! je me risque , je n'aurai jamais plus peut-être si belle occasion. *(Haut.)* Lisette , comment me trouves-tu ?...

LISETTE , *froidement.*

Ni bien , ni mal, mais sot.

1

FRONTIN , *piqué.*

Oh ! la mauvaise !

LISETTE.

Ce qui est dit , est dit.

FRONTIN , *sentencieux.*

Les sots font souvent les meilleurs... maris.

LISETTE , *moqueuse.*

Vrai, tu serais adorable si tu n'étais ridicule.
Dieu me garde d'épouser un nigaud qui se mêle
d'avoir des principes comme ci , des principes
comme çà. Mon seigneur et maître , ou du moins
celui qui aura l'ambition de le devenir devra avant
tout faire ma volonté. Tu vois bien que tu ne seras
jamais le mari de Lisette.

FRONTIN , *inquiet.*

Quoi jamais !

LISETTE *(à part).*

N'allons pas le désespérer! *(Haut.)* Quand je
dis . jamais . j'entends qu'il te reste beaucoup
de chemin à faire. Madame Frontin et tous les
petits Frontin à venir veulent boire autre chose
que de l'eau claire , et , si tu continues , tu n'as
rien de mieux à leur offrir. *(Avec intention.)* Le
valet d'un marquis galant doit être fin, rusé ,
servir qui le paye et se moquer du reste. Voilà
l'homme auquel Lisette accordera ce joli minois.
Tu m'as compris !.. maintenant , reste fidèle à ton
maître , rien de mieux , mais ne viens plus et

frotter à mes cotillons ! *(Le regardant en dessous.)*
Ainsi , c'est la guerre que tu nous déclares ?

FRONTIN , *indécis , se gratte l'oreille.*

Tu m'en diras tant !....

LISETTE , *avec ironie.*

C'est donc bien terrible de recevoir des deux
mains? *(Naïvement.)* Je ne m'en serais jamais doutée
(Soupirant) Ah ! M. Lapierre appréciait mieux mes
mérites , celui-là , tous mes mérites... Toi , Frontin , tu crèveras dans la peau d'un gueux , je te
le prédis.

FRONTIN , *décidé.*

Le sort en est jeté , je me rends à discrétion.
(D'un air conquérant.) Aucun sacrifice doit-il coûter à Frontin pour être aimé de Lisette ?

LISETTE , *joyeuse.*

Je le tiens !

FRONTIN , *galant.*

Pour arrhes du marché , j'exige un baiser.

LISETTE , *résolument.*

Accordé ! *(Frontin embrasse Lisette sur les deux
joues.)*

LISETTE , *finement.*

Pour arrhes du marché , il me faut ces deux
lettres que le marquis t'a remises ce matin dès
l'aube , pour le baron d'Egmont et pour M. de
Villeneuve , deux mauvais sujets comme lui.

FRONTIN , *soupirant.*

Prends donc ? *(Il donne les lettres à Lisette qui s'en empare vivement.)*

—

SCÈNE II.

LES MÊMES , LA MARQUISE D'HÉRICOURT , *en costume de voyage.*

(Frontin et Lisette paraissent embarrassés, la marquise les examine et remarque leur embarras.)

LA MARQUISE, *à part.*

On conspire, je crois, soyons sur nos gardes. *(Haut.)* Lisette, au lieu de jaser avec Frontin, va prévenir M. d'Héricourt que je désire lui parler avant mon départ. Toi, Frontin, fais atteler?

LISETTE, *s'approchant de la Marquise.*

Madame, Frontin est à nous ! *(Appuyant sur les mots.)* Un mari fait toujours cause commune avec sa femme.

LA MARQUISE , *étonnée.*

Comment... un mari ?

LISETTE.

Oui, Madame, Frontin m'aime, et il m'épouse... si vous le lui permettez.

LA MARQUISE.

Soit, j'y consens, et je me charge de la dot. On peut compter sur toi, Frontin ?

FRONTIN, *désignant Lisette.*

Demandez à Lisette, Madame ?

LISETTE, *joyeuse et d'un air d'importance, remet à la Marquise les lettres que lui a données Frontin.*

Voilà ma réponse !

LA MARQUISE, *regardant les lettres.*

L'écriture de mon mari ! Comme le cœur me bat ! J'ai le pressentiment que ces lettres vont m'apprendre une trahison nouvelle. Son empressement à faire accélérer les préparatifs de mon voyage, son désir de me voir partir pour Blois, aujourd'hui même, tout cela ne m'est que trop suspect. Laissez-moi.

LISETTE, *prenant le bras de Frontin.*

Un fou de plus !

FRONTIN, *joyeusement.*

Oui, Lisette, mais tu me guériras. *(Ils sortent.)*

SCÉNE III.

LA MARQUISE, *lisant.*

» A Monsieur le baron d'Egmont.

» Cher ami, je respire, la Marquise part ce
» matin, dès-lors plus d'obstacles à notre sauterie
» de ce soir ; sois à l'hôtel avant dix heures, et,
» d'ici-là, que Vénus te protége !

» Marquis d'Héricourt. »

(Ouvrant une deuxième lettre.) Celle-ci est pour M. de Villeneuve *(Lisant.)*

« Cher de Villeneuve,

» Je te rappelle que tu m'as promis, pour égayer
» nos quadrilles, la fine fleur des dames du ballet.
» Quelques heures te restent encore pour remplir
» ta promesse ! » — Le traître ! *(La Marquise
pose les lettres sur la table qui se trouve à sa droite
et sonne.)*

———

SCÈNE IV.

LA MARQUISE, FRONTIN.

LA MARQUISE, *à Frontin, qui entre par la porte à
gauche du spectateur.*

Va de suite, pour réparer le temps perdu,
porter ces lettres à MM. d'Egmont et de Villeneuve. *(Elle lui remet les deux lettres qui se trouvent
sur la table.)*

FRONTIN *étonné (à part)*.

Qui trompe-t-on ici ? Cela ne me regarde pas...
Je suis sourd et aveugle, Lisette l'ordonne. *(Il sort.)*

———

SCÉNE V.

LA MARQUISE, *avec animation.*

Allons, du courage ! vous avez rusé sans moi,
Marquis, prenez garde ! *(Plus calme.)* Et cepen-

dant il m'aime, j'en suis convaincue ; mais une
œillade , un sourire l'enflamment ; il me faut sans
cesse disputer son cœur à des rivales , et quelles
rivales ! *(Avec énergie.)* Cette lutte est ignoble ;
elle me répugne. *(Comme inspirée soudainement.)*
Oui , je le sauverai de lui-même, et malgré lui-
même. Commençons par réparer ses maladresses.
Il invite les maris à sa fête, c'est son droit, moi
je vais inviter les femmes. *(Elle s'assied et écrit.)*

« A Madame la baronne d'Egmont ,

» Faites-nous l'amitié , chère belle , d'accepter
» pour aujourd'hui une soirée masquée , mais
» toute improvisée que je donne à l'hôtel. J'ai
» besoin de votre concours pour me venger d'un
» infidèle. » *(Elle écrit une nouvelle lettre et la
plie.)* Celle-là est pour Madame de Villeneuve ;
avec deux bons lieutenants, on gagne des batailles
plus compromises que celle qui va s'engager.
(Elle sonne.)

—

SCÈNE VI.

LA MARQUISE , LISETTE.

LA MARQUISE *à Lisette qui entre et à laquelle elle
remet une clé.*

Tu porteras, ce soir, trois dominos dans le
pavillon du jardin dont voici la clé, et tu m'y
attendras. Surtout sois prudente et discrète ?

LISETTE, *finement.*

C'est mon métier.

LA MARQUISE, *donne à Lisette les deux lettres qu'elle vient d'écrire.*

Maintenant, Lisette, cours chez Mesdames d'Egmont et de Villeneuve, et dis-leur que ma voiture viendra les prendre ce soir.

LISETTE.

J'ai compris *(Elle sort.)*

SCÈNE VII.

LA MARQUISE, *seule.*

Je joue gros jeu, mais le péril aiguillonne mon courage et ma cause est la bonne.

SCÈNE VIII.

LA MARQUISE, LE MARQUIS.

LE MARQUIS, *galamment.*

Grondez votre intendant, madame. voilà une heure qu'il me tient à l'attache pour me prouver qu'il est en règle avec les additions ou les soustractions ; ces vieux serviteurs sont d'une tyrannie ! Enfin, j'arrive à temps pour recevoir vos adieux. Me pardonnerez-vous ce retard involontaire ?

LA MARQUISE.

Il le faut bien.

LE MARQUIS.

Le croiriez-vous, chère marquise, l'idée de ce voyage imprévu qu'un désagréable procès vous force à entreprendre me bouleverse étrangement ; vous me quittez et, avec vous, mon bon ange s'envole. *(Avec un soupir.)* C'est trop peu que le souvenir, pour un mari, mieux vaut la réalité.

LA MARQUISE, *à part.*

Quelle perfidie à l'eau de rose ! sachons nous contenir.

LE MARQUIS, *tendrement.*

L'habitude du bonheur rend égoïste. Heureusement que cette séparation sera de courte durée, je l'espère du moins. Et que vont dire vos amis, les miens, de ce brusque départ, de cette manière de fuite ? Revenez vite, bien vite, chère adorée, incendiez la justice, s'il le faut; une femme jeune et jolie comme vous gagne toujours un procès !....

LA MARQUISE, *avec ironie.*

J'accepte, sous toutes réserves, les regrets que mon départ vous inspire et que vous m'exprimez avec plus de courtoisie que de sincérité. Et l'on dit que les femmes sont reines en l'art de feindre, vous ne vous en acquittez pas trop mal, messieurs, convenez-en ?

LE MARQUIS.

Ne me faites pas l'injure de douter de mes paroles ?

—

SCÈNE IX.

LE MARQUIS , LA MARQUISE , LISETTE, *qui entre par la porte du fond.*

LISETTE.

La voiture de madame est prête.

LA MARQUISE, *prenant le bras du marquis.*

A bientôt , marquis , et sans rancune !...

LE MARQUIS.

Vous parlez d'or, madame.

(Ils sortent.)

—

SCÈNE X.

LISETTE , *seule.*

Madame veut faire un exemple , je le devine. Ah , Marquis , vous voulez jouer au mari-garçon , nous ne le souffrirons pas. *(Elle se frappe le front.)* Je le sens là, Madame gagnera la partie , ou le diable sera plus fin que nous..... Je cours porter les dominos dans le pavillon du jardin , ce sont eux qui doivent masquer nos batteries! *(Elle sort.)*

(On voit des domestiques circuler avec empressement dans la galerie du fond ; chacun s'occupe des préparatifs de la soirée. On éclaire la galerie.)

SCÈNE XI.

LE MARQUIS , *soucieux.*

Quand une femme a tant d'esprit, un mari doit trembler, et je ne suis pas à l'aise. Allons, conscience, ma mie, parlez-moi haut, s'il vous plait ? Est-ce donc un si grand crime que de faire une petite infidélité à sa femme. La mienne est délicieuse, j'en conviens, mais l'occasion, l'herbe tendre !...... Et puis, nous sommes en Carnaval. *(Regardant la pendule.)* Il se fait tard, les salons vont s'emplir, l'œil du maître devient indispensable.

SCÈNE XII.

LE MARQUIS, LE BARON D'EGMONT , qui entre par la galerie du fond ; il est en costume de bal, le masque à la main.

LE BARON , *serrant la main du Marquis.*

Quelle idée lumineuse tu as eue, elle ne me serait jamais venue à moi. Enfin, me voilà garçon, pour quelques heures ; mais n'est-ce pas déjà beaucoup pour un mari *(soupirant)* trop chéri. Garçon ! que ce mot est friand, que d'avenir il renferme ! Hélas, comme toi, d'Héricourt, je suis idolâtré par ma femme ; elle ne peut faire un pas sans m'avoir à ses côtés. Je n'ose m'en plaindre, car...... *(Avec entrain.)* Marquis, je me sens un appétit d'enfer ; pour cette nuit, je redeviens loup dévorant : gare aux brebis !

LE MARQUIS , *avec entrain.*

Voilà bien mon enthousiasme , voilà bien mes transports ! Le croirais-tu , cher complice , la Marquise avait les larmes aux yeux en me quittant , et j'ai eu le mérite d'avoir tout fait pour la retenir, lorsque c'est moi !... *(Il rit bruyamment.)* Je ne me croyais pas si bon comédien.

LE BARON.

Tu es mon maître , je le reconnais , moi , je profite des événements sans pouvoir les faire naître : cela m'humilie.

LE MARQUIS.

Sois plus clair ?

LE BARON.

Apprends donc que je dois au hasard seul d'être aujourd'hui débarrassé de ma femme. Tu sais que la présidente de Montfort a été élevée au couvent avec la baronne et qu'elles sont restées amies, malgré le mariage. Eh bien ! cette chère présidente a fait, ce matin, en allant au bois, une chute de cheval. Le petit chevalier d'Entragues ,

témoin de l'accident, s'est empressé de raconter
l'accident à ma femme, et celle-ci, fort effrayée,
a sur-le-champ demandé sa voitnre, et m'a dé-
claré qu'elle passerait la soirée chez la Présidente. Quelle chance !

LE MARQUIS.

Reçois mes félicitations. (*Se tournant vers la
galerie du fond.*) Mais j'aperçois de Villeneuve.

———

SCÉNE XIII.

Les Mêmes, M. de VILLENEUVE, en costume de bal,
un masque à la main, entre par la galerie du fond.

LE MARQUIS, *vivement.*

Arrive donc..... Eh bien, nous amènes-tu nos
gentils lutins ?

M. DE VILLENEUVE.

Oui, mais par les cornes; je suis rompu. (*Il
tombe dans un fauteuil.*) Tu m'avais recommandé
le mystère, j'ai dû t'obéir.....

LE MARQUIS, *impatient.*

Au fait ! au fait !

M. DE VILLENEUVE.

Ce matin, j'arrive à l'Opéra, on répétait un pas
nouveau. Je fais mes ouvertures à ces dames, on
les accueille froidement; j'insiste et je m'efforce

d'être éloquent : peines perdues ; on me répond qu'on veut savoir à qui l'on a à faire, qu'on ne peut commettre la dignité du corps de ballet chez un inconnu. J'élude, tu m'avais défendu de te nommer. On se fâche, on me traite d'impertinent, ni plus, ni moins. La situation devenait critique, je riposte. Tout à coup, je me sens inspiré par le danger même, j'ouvre la boîte de bijoux que je venais d'acheter pour ton compte et...... je distribue ces arguments irrésistibles à nos sirènes, au nom de l'ami qui désirait garder l'anonyme. N'es-tu pas assez riche pour payer ta gloire ? Ton ambassadeur devait réussir à tout prix, il a réussi.

LE MARQUIS, *avec contrainte.*

Je n'attendais pas moins de ton intelligence. *(A part.)* Cinquante mille francs de bijoux, quelle folie !... Je ne puis cependant ni me plaindre ni me fâcher ; faisons contre fortune bon cœur. *(Haut.)* Je te proclame le plus fin diplomate des temps modernes.

M. DE VILLENEUVE, *radieux.*

J'aime qu'on me rende justice. A quand la seconde mission ?

LE MARQUIS, *à part.*

Il ne me manquait plus que ce coup de pied de l'âne. *(Haut.)* Tu es bien pressé...

M. DE VILLENEUVE.

Je rentre dans les salons, mon absence pourrait être remarquée. Je vais t'annoncer à nos sylphides.

LE MARQUIS.

Voici l'heure du berger ! *(Il sort).*
(Fausse sortie de M. de Villeneuve.)

SCÈNE XIV.

LISETTE, M. DE VILLENEUVE,

Lisette entre avec un vase de fleurs qu'elle pose sur la cheminée.

M. DE VILLENEUVE.

Quels yeux de flamme !... le morceau est friand. *(Après un moment d'hésitation.)* Pourquoi pas ?... (*Il s'approche de Lisette sur la pointe des pieds et l'embrasse.*)

LISETTE, *gaillardement.*

C'est donc bien bon le fruit défendu ?

M. DE VILLENEUVE.

Tu le demandes, fille d'Eve ? J'ai une furieuse envie de recommencer.

LISETTE.

N'avancez pas, ça brûle.
(Fausse sortie de Lisette.)
(M. de Villeneuve s'approche vivement de Lisette et

l'embrasse de nouveau. Lisette surprise lui donne un soufflet. Le Marquis et Frontin qui entrent ont tout vu.)

—

SCÈNE XV.

LES Mêmes, LE MARQUIS D'HÉRICOURT, FRONTIN.

FRONTIN.

Vous ne l'avez pas volé , M. de Villeneuve.

M. DE VILLENEUVE , *piqué.*

La vertu de Lisette te tient donc bien à cœur, maraud? Si j'étais moins débonnaire , je te rosserais volontiers.

FRONTIN , *à part.*

Merci ! (*haut,*) Chacun défend son bien à sa manière ; comme la mienne ne vous plairait pas, sans doute, je vous engage à laisser Lisette en repos, si non.... (*Il fait un geste énergique.*)

M. DE VILLENEUVE, *furieux*

Triple coquin, sors à l'instant?

LISETTE , *avec ironie.*

Sans rancune , M. de Villeneuve. (*Lisette et Frontin sortent en riant.*)

—

SCÈNE XVI.

LE MARQUIS D'HÉRICOURT, M. DE VILLENEUVE.

M. DE VILLENEUVE.

La drôlesse, je lui fais l'honneur de l'embrasser, et elle ose..... Fi ! que ce peuple est mal élevé ! *(Remarquant le Marquis qui se moque de son air piteux.)* Quoi, Marquis, tu n'es pas indigné de ma mésaventure? Promets-moi, au moins, de congédier au plus vite et Frontin et Lisette.

LE MARQUIS.

Si tu crains tant les.... soufflets, pourquoi les cherches-tu? Crois-en mon expérience, fillettes et boutons de rose, c'est tout un, qui s'y frotte s'y pique. *(S'approchant de M. de Villeneuve et lui serrant la main.)* Allons, un peu de philosophie.

M. DE VILLEDEUVE, *boudeur.*

Tout le monde en a, c'est trop commun.

LE MARQUIS, *riant.*

Tu es libre de broyer du noir tout à ton aise, quant à moi, je me sauve, c'est contagieux *(Il sort.)*

—

SCÈNE XVII.

M. DE VILLENEUVE, *seul.*

C'est fort bête ce qui m'arrive. *(L'orchestre joue en sourdine un air de contre-danse qu'il continue pendant toute la scène suivante. On voit circuler les*

3

invités dans la galerie du fond.) — (*Avec un soupir.*)
Je prendrai ma revanche, et rira bien qui rira le
dernier.

===

SCÈNE XVIII.

M. DE VILLENEUVE, LA MARQUISE D'HÉRICOURT,
MADAME DE VILLENEUVE, LA BARONNE
D'EGMONT. (Elles sont masquées et entrent par la
galerie du fond.)

MADAME DE VILLENEUVE, *en riche domino noir, un
bouquet à la main, elle s'approche de* **M.** *de
Villeneuve.*

Mon mari !!... (*Changeant sa voix, à* **M.** *de
Villeneuve dont elle prend le bras.*) On raconte dans
les salons une aventure fort comique ; il s'agit de
certain soufflet donné sur une noble joue au sujet
d'un baiser volé. On ignore le nom de la victime,
vous devez le savoir ; si vous êtes un peu mauvaise
langue, vous allez m'en faire confidence.

M. DE VILLENEUVE, *à part.*

Elle s'adresse bien. *(Haut.)* J'ignore, Madame...

MADAME DE VILLENEUVE. *coquettement.*

Vous voulez qu'on achète votre discrétion, c'est
de bonne guerre. Eh bien (*montrant le bouquet
qu'elle tient à la main*), ce bouquet est à vous, si
vous parlez. Dites que je ne suis pas magnifique ?

M. DE VILLENEUVE , *à part.*

Quel supplice !

MADAME DE VILLENEUVE , *jouant l'étonnement.*

Est-ce que vous êtes sourd ? Vous avez l'air de revenir de l'autre monde. *(Coquettement.)* J'attends.

M. DE VILLENEUVE , *à part.*

Puisqu'il lui faut un nom, mieux vaut un autre que le mien. *(Haut.)* Le souffleté s'appelle.... *(hésitant)* de Jarnac. Vous voilà satisfaite ?

MADAME DE VILLENEUVE , *caline.*

Et les détails ?

M. DE VILLENEUVE , *à part.*

La position n'est plus tenable. Je suis sur le gril. Payons d'audace. *(Haut.)* Je parlerai, belle curieuse , mais avec ce joli bouquet, j'exige plus encore.

MADAME DE VILLENEUVE.

Quel ambitieux !

M. DE VILLENEUVE.

Trouvez-vous dans un quart d'heure en face de la grande galerie du salon, vous saurez tout, foi de gentilhomme.

MADAME DE VILLENEUVE.

(A part.) Je puis bien accorder cette faveur à mon mari. *(Haut.)* J'y consens, mais.... je garde mon bouquet, vous ne l'avez pas encore mérité ; vous êtes d'une discrétion désespérante.

M. DE VILLENEUVE.

(*A part.*) On le serait à moins. (*Haut.*) Vous, Madame, vous êtes mille fois trop bonne (*à part*), et surtout trop curieuse. (*Il salue et sort.*)

=

SCÈNE XIX.

MADAME DE VILLENEUVE, LA BARONNE D'EG-MONT, LA MARQUISE D'HÉRICOURT. (Madame de Villeneuve se démasque et s'approche vivement des deux dames qui se démasquent également.)

MADAME DE VILLENEUVE, *avec entrain.*

Nous sommes seules, Mesdames, profitons des instants ; grâce à Lisette, l'histoire du soufflet a fait merveille ; jamais galant ne fut plus humilié. Quelle bonne petite leçon ! Je crois M. de Villeneuve guéri pour longtemps de son humeur conquérante. (*Se tournant vers la Marquise.*) Maintenant, chère amie, nous sommes à toi et nous voulons seconder tes projets. Point de pitié pour ce perfide Marquis qui débauche nos maris, trompe une femme charmante, et lui donne, quelles rivales, des vertus de l'Opéra ! Vous les avez vues, Mesdames, ces sirènes dangereuses, vous avez assisté à leur triomphe dans le salon carré. Vous le dirai-je, jamais je n'ai vu le Marquis plus étourdissant de verve et d'entrain, et, tout cela, au profit de ces impures.

LA MARQUISE D'HÉRICOURT.

Guerre aux infidèles !

MADAME DE VILLENEUVE ET LA BARONNE, *ensemble.*

Oui, oui, guerre aux infidèles !

SCÈNE XX.

LES MÊMES, LE MARQUIS D'HÉRICOURT entre avec deux cavaliers. Ceux-ci s'approchent de Madame de Villeneuve et de la baronne d'Egmont qui se masquent. — (Le Marquis, en costume de bal, un masque à la main, s'approche de la Marquise d'Héricourt.)

LA MARQUISE, *à part.*

Le Marquis, il vient chercher une défaite, ne la lui faisons pas attendre.

LE MARQUIS, *à part.*

Malpeste, quelle taille divine et qui promet. Soyons entreprenant, je ne crois plus aux cruelles. (*Galamment.*) Belle inconnue, je ne suis ni divin, ni prophète, je puis cependant vous dire pourquoi je vous rencontre dans ce boudoir.

LA MARQUISE, *étonnée.*

(*A part.*) Où veut-il en venir? (*Haut.*) On vous écoute, M. le sorcier.

LE MARQUIS, *résolument.*

Une femme telle que vous ne peut être esseulée sans motif.

LA MARQUISE , *curieuse.*

Eh bien ?

LE MARQUIS.

Vous vous fâcherez , si je continue.

LA MARQUISE.

Parlez sans crainte ?

LE MARQUIS , *d'un air important.*

Vous attendez un vainqueur.

LA MARQUISE , *ironiquement.*

Peut-être.

LE MARQUIS , *joyeux.*

J'ai deviné.

LA MARQUISE , *ironiquement.*

Vous allez vîte en besogne ; les succès vous sont donc bien faciles ? En comptez-vous beaucoup , ce soir ?

LE MARQUIS , *avec fatuité.*

Un seul aurait du prix à mes yeux.

LA MARQUISE.

De la fatuité, rien ne vous manque.

LE MARQUIS.

Combien vous êtes sévère.

LA MARQUISE , *avec énergie.*

Méritez-vous qu'on ne le soit pas ?

LE MARQUIS.

(*A part.*) Jouons serré ou je m'enferre. (*Haut.*)

Soyez indulgente , Madame , c'est le privilége de toutes les royautés.

LA MARQUISE , *à part.*

Courtisan! (*Haut.*) J'oubliais.... vous m'avez donné le droit de vous faire à mon tour une question , soyez franc surtout , si vous pouvez l'être encore : aimez-vous les cœurs partagés ?

LE MARQUIS.

Oui et non.

LA MARQUISE.

Cette réponse n'est pas compromettante. Elle ne me surprend pas. On m'assure que vous êtes marié à une jeune et jolie femme , ce qui ne vous empêche pas d'être volage. Si l'on m'a dit vrai , vous êtes un monstre.

LE MARQUIS , *à part.*

Je suis tout ému. (*Avec contrainte.*) On vous a trompée , Madame , je suis libre , entièrement libre , et tout prêt à devenir votre esclave.

LA MARQUISE , *à part.*

Je tremble. Frappons le grand coup. (*Haut.*) Vous êtes trop galant pour être jamais fidèle. Portez vos feux à qui les accueille, aux dames de l'Opéra , par exemple , elles ne peuvent être insensibles à des hommages venus de si haut. Vous les recevez dans votre hôtel, Monsieur le Marquis , chez votre femme. Oserez-vous le nier ?

LE MARQUIS , *surpris.*

Mais qui donc êtes-vous, Madame , vous qui
me forcez à rougir en vous écoutant. Oh ! laissez-
moi vous dire ce que j'éprouve en ce moment.
c'est du respect, c'est de la honte ! (*Tombant aux
genoux de la Marquise.*) Accablez-moi de vos
mépris, Madame , mais, je vous en conjure,
laissez-moi connaître la main qui me frappe.

LA MARQUISE , *émue.*

Relevez-vous, monsieur. Ici, dans quelques
instants , vous me jugerez, vous vous jugerez
vous même. (*Elle sort par la galerie du fond , le
marquis tombe dans un fauteuil et reste abimé dans
une profonde rêverie.*)

SCÈNE XXI.

LE MARQUIS , M. DE VILLENEUVE, MADAME DE
VILLENEUVE.

M. de Villeneuve entre par la galerie donnant le bras
à Madame de Villeneuve qui est masquée.

M. DE VILLENEUVE.

J'ai tenu ma promesse , vous connaissez l'histoire du baiser *(avec un soupir)* et du soufflet,
vous pourrez me perdre maintenant.

MADAME DE VILLENEUVE , *se démasquant.*

J'aime mieux oublier.

M. DE VILLENEUVE , *reconnaissant sa femme.*

Ah ! madame, vous êtes la plus généreuse des femmes et moi le plus coupable des maris. (*Ici la marquise d'Héricourt entr'ouvre la porte à gauche du spectateur et écoute sans être vue.*)

MADAME DE VILLENEUVE , *lui tend la main qu'il baise avec transport.*

Cet aveu me désarme.

==

SCÈNE XXII.

LES MÊMES , LA MARQUISE D'HÉRICOURT entrant s'approche de Madame de Villeneuve.

LA MARQUISE, *à Madame de Villeneuve.*

Dois-je suivre ton exemple? j'en meurs d'envie. (*Madame de Villeneuve lui fait un signe affirmatif.*)

LA MARQUISE *s'approchant du marquis qui ne la voit pas.*

Marquis ! (*Le marquis tressaille et se lève. Il veut tomber aux genoux de la marquise qu'il vient de reconnaître ; celle-ci le relève.*) — (*Avec bonté.*)

Votre femme vous pardonne et vous aime, mais ne péchez plus.

LE MARQUIS, *avec émotion.*

Chère marquise , vous vous vengez noblement.

—

SCÈNE XXIII.

LES MÊMES, LISETTE entrant vivement par la porte latérale à gauche du spectateur et s'approchant de la marquise d'Héricourt.

LISETTE.

Grande nouvelle, madame ! M. d'Egmont vient d'enlever... sa femme. C'est Frontin lui-même qui a fermé la portière de la voiture. M. d'Egmont était radieux. Il a crié au cocher—«route d'Italie!» Cette bonne fortune pourra lui coûter cher.

LA MARQUISE, *regardant tendrement le marquis auquel elle tend sa main qu'il couvre de baisers.*

Jamais trop cher, Lisette, s'il est heureux.

FIN.

Extrait du FURET,
Journal de Montpellier.